LES REINES DU BAL

DE LA MÊME AUTRICE

PROSE

Le Grand Menu, L'Olivier, 2001 ; rééd. Les Impressions Nouvelles, 2010 ; rééd. Espace Nord, 2017.
Ma robe n'est pas froissée, Les Impressions Nouvelles, 2008.
Décidément je t'assassine, Les Impressions Nouvelles, 2010.
Le Ravissement des femmes, Grasset, 2012.
Décollations, L'Âge d'Homme, 2014.
Valets de nuit, Les Impressions Nouvelles, 2015.
Pas grave, Fédération Wallonie-Bruxelles, 2015.
Nos princes charmants, Les Impressions Nouvelles, 2023.

POÉSIE

Cendres, Esperluète, 2002 (encres de Bernard Villers).
Contre-Jour, Le Cormier, 2009 (vignettes de Frank Vantournhout).
La Nuit, la mer, Didier Devillez, 2009 (encres de Camille De Taeye).
Juin, Le Cormier, 2011.
Rouge au bord du fleuve, Bruno Doucey, 2012.
L'Autre Côté de l'ombre, Tétras Lyre, 2012 (fusains d'Alexandre Hollan).
Celles d'avant, Le Cormier, 2013.
Jadis vivait ici, L'Âge d'Homme, 2015.
Les Mots arrachés, Tétras Lyre, 2015 (gravures de Véronique Goossens).
L'Été de la rainette, Le Cormier, 2016 (vignette de Kikie Crêvecœur).
Tango, Esperluète, 2016 (gravures de Martine Souren).
Leçons de ténèbres, Le Cormier, 2017 (gravure de Véronique Goossens).
Elles viennent dans la nuit, Esperluète, 2018 (estampes de Kikie Crêvecœur).
Et surtout j'étais blonde, Tétras Lyre, 2019 (gravures de Marie Boralevi).
Uzès ou nulle part, Le Cormier, 2020 (dessin de Robert Lobet).
L'Ombre de toi-même, Tétras Lyre, 2023 (photos de l'autrice).

CORINNE HOEX

LES REINES DU BAL

roman

le courage

BERNARD GRASSET
PARIS

le courage

collection dirigée par Charles Dantzig

ISBN 978-2-246-83834-0

« Ce n'est pas parce qu'on a un pied dans la tombe qu'on doit se laisser marcher sur l'autre. »

François MAURIAC

L'avenir

« Même l'avenir n'est plus ce qu'il était. »

Paul VALÉRY

Madame Prunier, appuyez votre doigt, ils ont dit à la banque. Vous verrez, Madame Prunier, vous n'aurez plus besoin de faire votre code. Vous n'aurez même plus besoin de votre carte bancaire. C'est l'avenir, Madame Prunier ! Mais appuyez bien votre doigt.

Tiens ! ils ont dit. Pourquoi ça ne marche pas ? Vous voulez recommencer, Madame Prunier ? Mais, cette fois-ci, vous allez mieux appuyer. D'accord ?

C'est bizarre, ils ont dit. On va essayer avec un autre doigt. Oui, celui-là, Madame Prunier. Celui-là, ce sera parfait. Mais pensez à appuyer, Madame Prunier ! Appuyez fort, hein ! D'accord ?

L'avenir, ce n'est plus pour moi. Mes doigts sont trop usés pour l'avenir. Avec leurs phalanges, leurs phalangines, leurs phalangettes que j'ai pliées et dépliées tant de fois, avec leurs jolis ongles que j'ai soignés chaque semaine, toutes les manucures que je leur ai payées dans des instituts de beauté haut de gamme, toutes les limes que je leur ai sacrifiées, les vernis rouges et roses et nacrés que je leur ai offerts, malgré tout ça mes doigts ne se souviennent plus de moi.

Ce sont pourtant des doigts très ordinaires. Je ne suis pas Catherine de Sienne avec ses stigmates invisibles. Je ne vis pas en odeur de sainteté. D'ailleurs, s'ils voulaient se souvenir, mes doigts le sauraient, que je ne suis pas un pur esprit. Mais voilà : depuis un certain temps, ils ne touchent plus les mêmes choses, il y a des émotions qui ne leur sont plus permises. Alors, sur eux tout s'efface, ils se refont une virginité. Maintenant que je suis reléguée dans la résidence des Pâquerettes et que Raymond est mort et Victor aussi et que Florent est placé chez les fous et que Gustave, le pauvre, est tout paralysé de haut en bas, mes doigts oublient leurs câlineries, ils font les innocents, ils sont si candides désormais, tellement immaculés qu'ils n'ont même plus d'empreintes digitales.

Madame Prunier ! Madame Prunier ! N'oubliez pas d'appuyer. Appuyez bien, Madame Prunier. D'accord ?

Qui sait, je n'ai peut-être plus d'ADN non plus. Je suis prête pour le crime parfait.

La grenadine

> « Mais à l'instant même où la gorgée mêlée des miettes du gâteau toucha mon palais, je tressaillis, attentif à ce qui se passait d'extraordinaire en moi. Un plaisir délicieux m'avait envahi [...] ».
>
> Marcel PROUST,
> *À la recherche du temps perdu*

C'est la vieille petite Madame Spinette sous un chapeau de raphia mauve. Elle est assise toute seule à une table du Café de la Bourse dans la fraîcheur de l'arrière-salle et tète sa grenadine. Comme chaque jeudi, sa fille est venue la chercher aux Pâquerettes pour la distraire un peu et l'a déposée ici jusqu'à cinq heures. Sa fille dit qu'elle en boit trop, des grenadines. Elle va attraper le diabète. Mais Madame Spinette s'en tape, de sa fille et du diabète. Elle aime la grenadine. La saveur rouge de la grenadine.

À sa table du Café de la Bourse, Madame Spinette, à présent, est assise devant son verre vide. Elle fait signe au garçon, grimace un sourire coupable : la même chose s'il vous plaît, encore une grenadine. Le garçon, elle le sait, fera comme toujours son rapport à sa fille quand sa fille viendra la chercher. C'est son flic, son cafard, son mouchard attitré. Mais aujourd'hui Madame Spinette a apporté son porte-monnaie. Elle paiera elle-même. Elle a des sous pour le pourboire aussi. Alors, motus, jeune homme. Qu'on lui fiche la paix avec le diabète !

C'est comme pour son dentier. Il a coûté cher, c'est possible, mais il lui fait mal. De toute façon, qu'est-ce qu'elle irait faire d'un dentier alors qu'aux Pâquerettes on ne lui sert plus que des bouillies et des panades ? Il est loin, le plaisir de mordre. Et puis, les dents, même les fausses, c'est dangereux quand on s'énerve. Madame Spinette, elle est gentille, elle est conciliante, mais il ne faut pas trop qu'on l'enquiquine.

Madame Spinette a entamé son deuxième verre de grenadine. Le regard pensif, rêveur, elle déguste chaque gorgée avec une lenteur gourmande, comme un plaisir lointain, oublié, qu'elle sonde. Un plaisir très ancien. Un plaisir rouge peut-être ? De curieuses perceptions se réveillent en elle, des sensations affleurent. Ce n'était pas du sucre. Non, pas du sucre. C'était doux, doux à la bouche, doux, soyeux, velouté, mais pas du sucre. Sans lâcher son verre, à brèves lampées studieuses, Madame Spinette, le cœur battant, savoure sa grenadine. Elle revoit la chambre dans le soir qui descend, les fenêtres ouvertes encadrant le ciel d'été. Elle sent l'odeur des bougies qui brûlent, la fraîcheur du satin ourlant la courtepointe, la chaleur d'une présence près d'elle, l'homme allongé sur le lit, cet homme si beau, si nu, totalement offert dans les derniers rayons du jour.

Madame Spinette a vidé d'un trait le fond de sa grenadine. Il lui faut d'urgence un troisième verre. Les souvenirs, à son âge, c'est fragile. Ça exige des encouragements. Elle hèle le garçon, passe aussitôt commande. Fini, la diplomatie, l'humble sourire de complaisance. Le garçon soupire : « Si votre fille le savait. » Madame Spinette ouvre son portemonnaie. Il s'agit bien en ce moment de sa fille !

Devant son troisième verre de grenadine, Madame Spinette, tout à sa besogne, a repris son captivant lapement. Doux et soyeux, se répète-t-elle en fermant les yeux et elle se revoit, dévouée, consciencieuse, près de l'homme alangui qui se laissait aimer. Elle se revoit contre lui – il s'appelait Norbert, voilà que ça lui revient –, guettant du coin de l'œil l'admirable visage impassible, le sublime visage sans désir, espérant en vain un geignement d'aise, un frisson, un soupir, que sais-je ?

La petite Madame Spinette sous son chapeau de raphia mauve, l'aimable petite Madame Spinette, n'allez pas la prendre pour une poire. Bonne fille, d'accord, serviable, dure à la tâche, mais il y a des limites. Elle n'a pas toujours été vieille. Elle n'a pas toujours eu sa fille à ses guêtres. Elle n'a pas toujours eu besoin d'un dentier non plus. Elle avait à l'époque toutes ses belles dents blanches. Et ses dents, elle s'en souvient, commençaient à s'exaspérer.

La chambre peu à peu s'était emplie de pénombre. Les bougies avaient fondu. Le soleil avait disparu derrière les collines après avoir répandu sur l'anatomie du divin Norbert ses ultimes lueurs. Un corps de statue, avait songé Madame Spinette, « baigné de la pourpre sanglante du couchant » – à l'époque, elle se piquait de poésie. Était-ce le rouge de ce dernier soleil, ce rouge profond, qui lui avait fait envie ? Ou avait-elle pensé aux sucres d'orge de l'enfance, ces bâtons blancs au cœur grenat qui fondaient avec lenteur sur la langue, laissant au palais un parfum d'extase et dont, au dernier moment, elle croquait sauvagement le centre dur ? Sa patience, en tout cas, avait franchi les bornes. Norbert, le beau Norbert, avait bondi en hurlant.

Non, dit Madame Spinette à voix haute en déposant devant elle dans un sourire comblé son troisième verre vide. Non, ce n'était pas du sucre. Rouge, très rouge, mais pas sucré.

— Eh bien, Maman, tu parles toute seule maintenant ? s'agace sa fille, campée face à elle. Il paraît que tu as encore exagéré avec la grenadine ! Allons. Lève-toi. Il est cinq heures. Je te ramène aux Pâquerettes.

Le migrant

« Oh ! là là ! que d'amours splendides j'ai rêvées ! »

Arthur Rimbaud, *Poésies*

Madame Spinette, cet après-midi, s'est endormie devant la télévision. Les nouvelles, ça la berce. « Tous ces flots de sans-abri qu'on voit défiler aux frontières, c'est un peu la même chose que compter les moutons », répète volontiers Madame Simonart qui ronfle à présent dans le fauteuil voisin. « Des moutons noirs, bien entendu », ajoute-t-elle chaque fois en ricanant, et son œil lorgne d'un air complice vers Madame Spinette. Mais Madame Spinette fait mine de ne pas entendre. On ne plaisante plus avec ces choses-là le jour d'aujourd'hui sans écoper d'une amende. D'ailleurs, il est question d'en accueillir quelques-uns aux Pâquerettes, de ces migrants. « Ce sont des gens comme vous et moi, a argumenté l'aumônier après la messe. À vous de faire un pas vers eux. Il faut de temps en temps un peu de compassion, a-t-il prêché. Ils ne demandent qu'à s'intégrer. Et ils apporteront de la vie. »

Cet après-midi donc, devant la télévision, tête chavirée et bouche ouverte, Madame Spinette dans son fauteuil rêve profondément. Un homme jeune est couché près d'elle, la tête posée sur l'oreiller à côté du sien, et il la dévisage de ses yeux ombrageux, délicieusement farouches et follement excitants. Ses cheveux bouclés, luisant telle une fourrure, se déploient sur la percale empesée de la taie. Son corps brun et nu est sous le drap, pudiquement, à deux doigts de celui de Madame Spinette. Elle sent près de la sienne cette peau veloutée qui dégage une chaleur passionnante. Elle perçoit le sombre et ardent regard. Elle entend la voix vibrante et, malgré son peu de don pour les langues, elle saisit aussitôt ce que cette voix exige : « Il faut que je m'intègre, Madame, souffle la voix contre son oreille. Veuillez, je vous prie, me secourir. »

Madame Spinette doit reconnaître que ce jeune homme est très poli et très bien éduqué. « Ce ne sont pas tous des sauvages », a insisté l'aumônier. Et, quoique le migrant ait à présent abdiqué sa timidité pour la saisir, très courtoisement, à pleins bras sous les couvertures, Madame Spinette n'a aucunement à déplorer ses manières, la fougue de la jeunesse excuse bien des choses. Il est vrai que le migrant est passablement humide et salé mais, à part ce petit inconvénient, la situation n'est pas du tout inconfortable et Madame Spinette, quand on lui demande asile, sait faire face à son devoir de citoyenne. Elle n'est pas peu fière d'ailleurs d'avoir obtenu dès la première entrevue d'aussi tangibles résultats, une intégration aussi manifeste.

Dire, songe-t-elle entre deux ronflements, dire qu'il va m'en arriver des milliers comme celui-ci.

La révérence

« Lorsqu'on fait une profonde révérence à quelqu'un, on tourne toujours le dos à quelqu'un d'autre. »

Abbé GALIANI, *Lettre*, 27 août 1774

Aujourd'hui, 14 juillet, les pensionnaires des Pâquerettes regardent TF1 dans la grande salle. On a beau vivre en Belgique, la France, c'est quand même un peu chez nous.

Madame Spinette pour l'occasion porte sa jupe bleue, son gilet blanc et son nouveau foulard en soie rouge. Elle attend, très excitée, le discours du président pendant qu'à ses côtés quelques pensionnaires somnolent, bercées par les publicités.

Soudain *La Marseillaise* retentit. Madame Spinette a le cœur qui tressaille. Le président est là, en buste, face à elle ! Madame Spinette se lève, trottine à petits pas en direction de la télé et se met en devoir d'accomplir une révérence.

— Vous voyez, Madame Simonart ! Vous voyez !

À l'écran, le président a commencé son discours, mais se montre sensible – Madame Spinette n'en doute pas – à cette marque de déférence d'une de ses admiratrices. Hélas, Madame Spinette, emportée par sa déférence, est descendue légèrement trop bas et reste coincée, le nez au sol.

Madame Simonart dans son fauteuil salive de plaisir.

— Oui, Madame Spinette, je vois ! Une très belle révérence !

Toujours cassée en deux, Madame Spinette vacille dangereusement, sans cesser pour autant de défier sa rivale.

— Vous pensiez que je ne savais pas ce que c'était, une révérence, hein, Madame Simonart ! Avez-vous seulement appris à la faire, vous, la révérence ?

Madame Simonart se délecte, guettant le moment de la chute.

— Pas aussi bien que vous, Madame Spinette ! grince-t-elle. Pas avec autant de style !

À ce moment-là, le jeune kiné passe dans la salle. Alerté par la voix aigre de Madame Simonart, il prend la mesure de la situation et se précipite vers Madame Spinette.

— Doucement, Madame Spinette. Relevez-vous doucement. Tenez-vous à moi.

Avec de tendres précautions, de ses bras efficaces, il soutient Madame Spinette jusqu'au fauteuil, l'aide à s'asseoir, lui caresse les cheveux, lui embrasse la tempe.

— Tout va bien, Madame Spinette. Vous m'avez fait une de ces émotions ! Mais tout va bien.

Oui, c'est sûr, tout va bien. Madame Spinette triomphe. Le président, le jeune kiné, elle les a tous !

Les dents en or

« Pour ravir un trésor, il a toujours fallu tuer le dragon qui le garde. »

Jean GIRAUDOUX, *La Folle de Chaillot*

Madame Simonart, l'autre jour, m'a montré son or. J'étais avec elle dans sa chambre, une belle chambre avec deux fenêtres, bien plus grande que la mienne et où elle a pu installer tous ses meubles, et là Madame Simonart m'a montré dans sa bonnetière entre ses bas et ses gaines des pièces d'or emballées dans du papier de soie. Et aussi dans sa pharmacie à l'intérieur d'une boîte d'aspirine vide : encore des pièces d'or.

— Ce n'est pas pour me vanter, vous savez, Madame Pincemin, elle a dit, mais c'est par précaution. Des fois qu'il m'arriverait quelque chose, elle a dit, j'aime mieux qu'une personne honnête comme vous – une personne foncièrement honnête et désintéressée – sache où ça se trouve. Personne d'autre que vous, Madame Pincemin, car je sais que vous êtes communiste et que vous ne me volerez rien.

Donc Madame Simonart a de l'or un peu partout au milieu de ses affaires et dans sa commode aussi, et là ce ne sont pas des pièces mais des bijoux, des bagues et des chaînes et des broches et des boucles d'oreilles que son Théodore lui a offertes car il l'adorait, elle a dit, et que ce n'était sûrement pas mon Désiré qui m'aurait gâtée comme ça. Et ces bijoux, elle en a tant dans cette commode qu'on ne peut presque pas refermer les tiroirs, et il y a un bracelet tellement lourd qu'elle ne le supporte plus et si large qu'il ne tiendrait d'ailleurs pas à son bras et qu'elle irait le perdre.

— Vous, Madame Pincemin, elle a dit, vous qui êtes communiste, ça doit vous impressionner, tout cet or. Vous n'en avez sans doute jamais vu autant. Évidemment, par principe, ça ne vous intéresse pas, vous seriez gênée d'accumuler des richesses, vous seriez dégoûtée. Mais moi, Madame Pincemin, elle a dit, je ne suis pas gênée, j'accumule sans problème, je suis capitaliste.

D'ailleurs, les montures de mes lunettes, c'est de l'or, vous voyez, Madame Pincemin. Et mon poudrier, c'est de l'or. Même la cage de mon hamster si vous voulez le savoir. C'est un hamster de luxe, mon petit Speedy, Madame Pincemin. Un capitaliste, lui aussi. Et mes dents, vous avez vu mes dents, vous avez vu tout cet or que j'ai dans la bouche ? Une fortune, Madame Pincemin ! Chaque fois que j'avale ma salive, cette salive en glissant caresse une fortune. Tout le monde ne peut pas être communiste avec un dentier en plastique, Madame Pincemin !

Maintenant que je sais tout ça et que Madame Simonart m'a montré cet or qui brillait dans sa bouche, je regarde son cou qui avale quand elle mange et je pense à cette fortune qui mâche ses frites et ses épinards. Parfois, des morceaux restent coincés et Madame Simonart recrache. Mes yeux alors ne peuvent s'empêcher de se précipiter dans son assiette, des fois qu'une petite dent se serait détachée. Madame Simonart à ce moment-là me regarde par en dessous avec un sourire vicieux et ses dents en or lancent des éclairs.

— Ne craignez rien, Madame Pincemin, elles sont bien attachées. Ce n'est pas encore aujourd'hui que vous arrêterez d'être communiste.

Fifi

« – Vous chantiez ? j'en suis fort aise :
Eh bien ! dansez maintenant. »

Jean DE LA FONTAINE, *Fables*

Un canari, quand on en a un, c'est pour l'écouter chanter. Fifi ne chantait pas beaucoup. Parfois, d'une voix aigrelette, il lâchait quelques sons, mais c'était rare, c'était sans joie. Je le leur disais toujours, aux Pâquerettes, quand ils passaient m'apporter mon plateau, ce pépiement qu'ils entendaient dans ma chambre, ce n'était pas Fifi. « Madame Pincemin, il a l'air en forme, votre canari ! » Ils se trompaient, ce n'était pas Fifi, je le leur répétais, mais : « Bon appétit, Madame Pincemin » et déjà ils étaient dehors.

Fifi ne chantait pas beaucoup. Pourtant j'essayais de le stimuler, je lui faisais des vocalises, je lui interprétais des chansons entraînantes. Claude François, par exemple. C'est tout de même entraînant, non, Claude François ? *Le lundi au soleil*. Ou *Alexandrie Alexandra*. Je me plantais face à la cage avec mon déambulateur et j'exécutais toute la chorégraphie car je connaissais les pas comme une vraie Claudette. Mais mes efforts pour me trémousser dans mes pantoufles, Fifi les toisait, le bec en l'air, du haut de son perchoir.

J'ai expérimenté d'autres vedettes, Lama, Sardou, Sheila. Pas assez rythmé pour Fifi, pas assez dansant. Pour Sheila, j'arrangeais mes cheveux avec des élastiques. Mais, dès que je débutais *L'école est finie*, Fifi, carrément, détournait la tête. Il n'était pas du genre à se laisser séduire par de vulgaires couettes.

Finalement, hier, en début d'après-midi, je chantonnais à tout hasard *Les gens m'appellent l'idole des jeunes* et j'ai vu Fifi s'agiter en roulant vers moi un œil captivé. J'ai aussitôt cherché chez Johnny Hallyday ce qu'il y avait de plus exaltant, j'ai attaqué *Viens danser le twist* avec tous les déhanchements nécessaires et j'ai vu mon oiseau amorcer quelques sautillements de plaisir. J'avais enfin découvert ce qui plaisait à Fifi. J'avais percé le secret de son cœur. Et quand je lui ai interprété *Noir c'est noir. Il n'y a plus d'espoir. Oui gris c'est gris. Et c'est fini, oh, oh, oh, oh*, Fifi a lâché en cadence de brefs pépiements pour m'accompagner. Je ne reconnaissais plus mon canari. Il était devenu sociable et sympathique. J'étais un peu fatiguée de rester debout devant cette cage sur mes vieilles jambes, mais j'étais transportée, j'assistais à un miracle. Alors – c'était sincère et de bon cœur – j'ai entonné pour Fifi *Que je t'aime, que je t'aime, que je t'aime.* Ensuite, je lui ai chanté *Retiens la nuit*, puis *Vivre pour le meilleur*, puis *Je te promets le sel au baiser de ma bouche.* Et Fifi se montrait toujours plus emballé.

Hélas, Fifi ne chantera plus. Hier, ça a été son chant du cygne. Son chant du cygne tué dans l'œuf. Pour une fois qu'il était de bonne humeur et plein d'entrain ! Ils ont emmené ce qui restait de la cage. Lui, ils ne l'ont pas retrouvé.

Donc, en fin d'après-midi, j'avais usé presque tout le répertoire, Fifi poussait toujours ses pépiements frénétiques, mais il était l'heure d'arrêter, on allait venir avec mon plateau. J'ai prévenu Fifi que ce serait le tout dernier morceau et j'ai décidé de terminer en apothéose. Je me suis lancée dans

Allumer le feu qui est – il faut le savoir – une ch. son spectaculaire qui exige des effets de scène. Je suis donc allée attraper dans mon tiroir les vieilles lettres de Désiré, tout son paquet de lettres, je l'ai fichu dans la corbeille et – *Allumer le feu, allumer le feu* – avec le briquet de Désiré j'ai joint le geste à la parole. Ces anciens papiers, ça brûle facilement, ça produit de belles flammes. *Allumer le feu, allumer le feu.* Fifi était conquis. Cependant, cette chanson était interminable. On dit que je radote, que je deviens sénile mais Johnny, quand il répète cent fois la même chose, lui, il n'est pas sénile, il est seulement une star. *Allumer le feu, allumer le feu.* À ce rythme-là, les lettres seraient en cendres avant la fin de mon numéro. Alors j'ai sorti du tiroir encore un tas de paperasses et je les ai ajoutées dans la corbeille. Le feu montait. C'était magnifique. Fifi devait être content. Dommage que je ne le voyais plus à cause de la fumée.

Il y avait beaucoup de fumée, je dois le dire. Beaucoup de fumée dans toute la pièce. Bien entendu, aucune alarme ne se mettait en route. Je le savais bien, moi, que les piles étaient plates. Je le leur avais assez répété, que le détecteur au plafond ne fonctionnait pas. D'ailleurs, même quand la corbeille à papier s'est renversée et a roulé jusqu'au rideau et que toute la chambre s'est trouvée dans un nuage, le détecteur ne fonctionnait pas. Quand le rideau a brûlé et que les flammes ont attaqué mes cartons au-dessus de l'armoire, le détecteur ne fonctionnait pas. Même quand mon couvre-lit a pris feu, même quand Fifi a grillé dans sa cage et que moi, je suis tombée par terre, là où ils m'ont trouvée, plus noire qu'un vieux toast, le détecteur ne fonctionnait pas. Il y avait toujours le cui-cui mécanique, régulier, comme celui d'un oiseau véritable, mais ce pépiement, ce n'était pas Fifi.

Les animaux de compagnie

« [...] la pensée du grand lit chaud de notre chaleur, du feu brûlant, de la boule, des édredons et des couvertures de laine qui ont passé leur chaleur au lit dans lequel nous allons nous couler [...] ».

Marcel PROUST, *Jean Santeuil*

Qu'ils aillent au diable avec leur hygiène ! Du polaire ! Franchement ! Pourquoi je dormirais sous du polaire ? J'aurais froid, moi, sous du polaire. Déjà rien que le nom !

« C'est beaucoup plus léger, le polaire, Madame Pincemin, ils disent, beaucoup plus confortable et, surtout, ces couvertures, on peut les laver, on les passe à la machine tous les mois. » Et si je ne veux pas, moi, qu'on lave mes couvertures ? Si je suis attachée à ma saleté et à mes odeurs ? Pourquoi je ne pourrais pas avoir près de moi mes petits acariens, mes acariens apprivoisés, mes chers acariens pelotonnés au chaud près de moi dans mon lit, blottis au creux de mon matelas ? On a le droit – non ? – aux Pâquerettes de posséder des animaux domestiques de petite taille. Je n'ai pas de caniche nain qui reste à me fixer de ses yeux implorants et qui pue du bec. Je n'ai pas de caniche mais pour puer j'ai mes vieilles couvertures, la bonne laine d'époque où mes acariens rêvent près de moi pendant mes siestes, somnolent chaque après-midi, puis s'activent et grouillent quand il est temps de me lever. Une entente parfaite. Un modus vivendi exemplaire. Beaucoup mieux d'ailleurs qu'avec Désiré autrefois, qui prenait toute la place et qui ronflait pour deux. Avec mes acariens, nous donnons l'image d'un voisinage modèle, d'une cohabitation pacifique. Il n'y en a plus tant de nos jours en ce bas monde. Et puis, un peu d'affection, parfois ça fait du bien. Déjà que je n'ai plus Fifi.

La salade verte

« [...] d'un arrosoir infatigable elle sollicitait la paresse du nonchalant végétal [...] ».

Jules MICHELET, *La Femme*

Dans cette chambre rien ne pousse. Je jette mes médicaments par terre, je les arrose : rien ne pousse. Des vitamines ? Ils veulent me faire croire qu'il y a là-dedans des vitamines ? J'ai beau asperger le sol et attendre toute la journée : je ne vois rien qui vient.

— Madame Pincemin, ils disent, vous vous déformez la colonne à toujours rester penchée. Regardez plutôt par la fenêtre. Dehors vous verrez des choses qui poussent.

Mais ça ne m'intéresse pas, moi, les choses qui grandissent ailleurs ! Ce que je veux, c'est que ma laitue et mes tomates prennent racine chez moi, dans ma chambre. Ce n'est pas difficile à comprendre tout de même. Par exemple, la jeune infirmière, elle voudrait avoir autour du cou, comme moi, une chaînette avec un cœur. Eh bien, si je m'en vais lui dire : « N'y pensez plus, mon petit, vous n'avez qu'à regarder la mienne, de chaînette que j'ai autour du cou », vous croyez que ça fera son affaire ? Ah ! Vous voyez que j'ai raison !

Ces légumes que je veux ne pousseront évidemment jamais dans ma chambre, je le sais très bien, je ne suis pas si sotte. Et je n'ai pas réellement faim, je reçois à manger chaque jour aux Pâquerettes, des tartines, du fromage fondu, du saucisson de jambon, de la soupe. Mais je n'ai plus jamais en bouche une feuille de laitue bien fraîche ou une tomate juteuse dans le genre de celles que je mangeais chez moi avec une vinaigrette.

— Madame Pincemin, vous êtes trop sentimentale, ils disent. Les crudités, c'est mauvais pour vous. Vous voulez avoir mal au ventre ?

Bien entendu, il faut de l'eau. Rien ne germe sans eau. Mais depuis hier, ils ont condamné mon lavabo. Ils ont bloqué le robinet. Alors ? Comment j'arrose maintenant ?

Le sablier

« Le temps, voilà l'ennemi. »

Joseph DELTEIL, *Alphabet*

Mademoiselle Lechat sera éternellement jeune. Le temps pour elle ne passera plus. Elle m'a montré le sablier sur sa table de chevet.

— Surtout ne pas le retourner, Madame Pincemin, elle m'a avertie avec des yeux pleins de colère. Le laisser bien droit s'il vous plaît. Ne pas le secouer, Madame Pincemin !

Elle m'a arraché ce sablier des mains comme si j'avais voulu attenter à ses jours et l'a remis à sa place.

Mademoiselle Lechat a donc arrêté le temps. C'est bien pensé. Mais, tout de même, elle devrait mieux surveiller ce sablier, surtout la nuit, car il y a sûrement des gens qui viennent y toucher sinon elle ne serait pas aussi ridée.

J'espère que ces gens, ce n'est pas moi, avec de méchantes intentions.

La cannibale

« Le soir, elle eut un grand dégoût,
Et ne put au souper toucher à rien du tout. »

MOLIÈRE, *Le Tartuffe*

Je sais qu'il faut manger pour vivre mais, moi, Gisèle Pincemin, quand je suis assise ici au milieu de ces vieilles répugnantes des Pâquerettes, je me réjouis de ne pas devoir être cannibale.

L'anatomie

« Absent le chat, les souris dansent. »

Jean-Antoine DE BAÏF, *Les Mimes*

— Tenez, Madame Prunier, ils disent, prenez le chat sur vos genoux. Ça va leur tenir chaud. Ça va les guérir.

— Ce ne sont pas des genoux, je leur réponds, ce sont des cuisses.

Ils ne m'écoutent pas, mais moi je sais que là où ce vilain chat roux maintenant ronronne ce sont des cuisses et pas des genoux. Ils sont vraiment fortiches, ces kinés et ces infirmiers ! Ils sont calés en anatomie ! Et ça a des diplômes ? Je voudrais les voir, les diplômes. Pas étonnant qu'ici on reste vieux et détraqué s'ils prennent les cuisses pour des genoux.

En tout cas, moi, mes genoux ne plient plus et ce n'est pas un chat qui va les réparer. Faire de la gymnastique ? Oui, c'est sûr, de la gymnastique ! Si le kiné avait le temps. Mais il est débordé quand il vient ici, il n'a pas un instant à lui, il a des choses à examiner avec l'infirmière. Ils croient, tous les deux, que je ne les entends pas derrière mon dos dans ma salle de douche pendant que je reste coincée avec ce chat ? On peut dire qu'ils tiennent la cadence. C'est certainement un excellent kiné. Je n'en doute pas. L'infirmière, d'ailleurs, le répète sans arrêt.

Enfin… ! Comme ça ils connaîtront peut-être un petit peu mieux l'anatomie !

L'invisible

« Entre une mauvaise cuisinière et une empoisonneuse il n'y a qu'une différence d'intention. »

Pierre DESPROGES, *Fonds de tiroir*

Une femme – je veux dire une femme de ma génération –, tant qu'elle avait son mari, elle ne faisait pas souvent ce qui lui plaisait. Il n'y avait que dans sa cuisine, au milieu de ses casseroles, devant son ragoût et son pot-au-feu, qu'elle pouvait mijoter ce qu'elle voulait.

Il y a longtemps – c'était bien avant que je ne sois aux Pâquerettes –, j'ai eu un mari. Il s'appelait Raymond, Raymond Prunier, et ce Raymond Prunier m'obligeait à passer toute la journée dans le salon près de lui, mais il ne me regardait pas et ne me parlait pas. Je devais rester là, assise sur le canapé avec ma broderie ou un magazine, et lui s'installait à la fenêtre avec sa paire de jumelles et observait le parc de l'autre côté de la rue. De temps en temps aussi, il regardait le ciel. Il voulait voir l'invisible, il disait. Moi, je n'étais pas assez invisible.

À cette époque, j'avais une petite chienne, Bella. Un teckel à poils longs. Elle était si gentille, cette petite Bella ! Elle se couchait près de moi sur le canapé et elle me regardait de ses beaux yeux luisants, elle me regardait tout au fond, à l'intérieur. Cette bête n'avait pas besoin de jumelles pour voir l'invisible. Elle n'allait pas chercher chez les Martiens ce qui se trouvait tout près, assis dans le salon. Elle savait qu'il y avait chez moi quelque chose qu'il fallait regarder autrement que sa pâtée. Mais Raymond, quand il déposait ses jumelles, il me regardait comme il regardait sa blanquette. Et il mangeait vite.

Non, Raymond ne me regardait pas. Et il ne m'écoutait pas non plus. Il écoutait Rachmaninov. La musique de l'invisible. J'aurais aimé parfois allumer la télé, suivre le Tour de France comme le faisait la voisine parce que j'avais, moi aussi, beaucoup d'affection pour les cyclistes, mais je devais passer mes après-midi à me taire dans le fauteuil en face de Raymond pendant que Raymond faisait jouer Rachmaninov. Bella – la pauvre bête –, Bella sur mes genoux devait, elle aussi, écouter Rachmaninov, les quatre concertos pour piano et orchestre de Rachmaninov sans jamais proférer le moindre gémissement ni le plus discret soupir. Je sentais sa compassion, à cette petite chienne. Je sentais son cœur battre près du mien et me dire « patience, encore un peu de patience ».

C'est vrai que, de plus en plus souvent, Raymond s'endormait en écoutant Rachmaninov. Hélas, quand le disque s'arrêtait et que j'allais en douce allumer la télé, chaque fois il s'éveillait, remettait Rachmaninov et Bella, en me léchant tendrement la main, me répétait « patience, encore un peu de patience ».

Le docteur alors m'a conseillé de verser moins de vin dans ma blanquette et moins de sauce dans l'assiette de mon mari. Il faut dire que Raymond, depuis quelque temps, non seulement s'endormait en plein après-midi, mais il était en proie à de terribles vertiges. Il tombait à la renverse avec ses jumelles sur le plancher près de la fenêtre, les yeux écarquillés. C'étaient sans doute des éblouissements, je disais au docteur, des sortes de pâmoison face à la beauté de l'invisible. Le docteur répondait qu'il ne fallait pas rigoler avec ça. Votre mari a des syncopes, Madame Prunier, il disait. Il n'est plus tout jeune et son cœur est usé. Et si vous voulez perdre votre mari, il disait, vous n'avez qu'à continuer comme vous le faites, exactement comme ça, avec votre cuisine grasse.

C'était un bon conseil. Je n'avais jamais rien pu faire pour le cœur de mon mari, son cœur et moi, ça n'avait jamais réussi à communiquer, ce n'était en tout cas pas à force de battre pour moi que ce cœur s'était usé et voilà, tout à coup, que ce cœur se trouvait entre mes mains. Le corps médical me le confiait. Il suffisait d'un peu de sauce. Un peu de sauce chaque soir. Un peu de sauce liée de beurre et de quelques bonnes lichées de vin blanc. Une recette infaillible. D'honnêtes ingrédients de première qualité. Aux vertus invisibles.

La laque

> « Je veux une coiffure, en dépit de la mode,
> Sous qui toute ma tête ait un abri commode. »
>
> MOLIÈRE, *L'École des maris*

Kevin, mon petit coiffeur (« artiste capillaire » comme c'est écrit sur la devanture), est préoccupé par la pollution. Chaque fois que je lui demande de me vaporiser de la laque, ce jeune blanc-bec me fait la morale.

— Il faut vivre de manière responsable, Madame Prunier. Regardez par la fenêtre. Regardez les nuages : ils sont lourds, ils sont jaunes, ils sont malades.

Il a peut-être raison avec ses nuages. Quand j'étais jeune, l'air était plus léger, les nuages étaient plus bleus, ils voyageaient beaucoup plus haut. Mais quand j'étais jeune, mes cheveux se coiffaient tout seuls, je n'avais pas besoin de laque pour les faire tenir. Maintenant, à cause de ma laque, les nuages sont incommodés. Ma vie de femme perturbe les nuages.

— Et ce n'est pas tout, insiste Kevin. Ça ne s'arrête pas là, Madame Prunier. À cause des nuages qui descendent si bas, les avions sont obligés de voler plus haut, question de visibilité. Ils consomment davantage de kérosène.

Les avions, franchement, ce n'est pas mon problème. Je ne les utilise pas. Je prends juste un taxi le samedi pour aller chez mon « artiste capillaire », car il a l'habitude de ma tête et que je n'aime pas la coiffeuse des Pâquerettes. Donc je prends un taxi. Tant que les taxis peuvent encore rouler car, eux aussi, bien entendu, ils détraquent les nuages.

— Bientôt, Madame Prunier, votre laque, je n'aurai même plus le droit de m'en servir. Je ne pourrai d'ailleurs plus m'en procurer. On n'en fabriquera simplement plus.

C'est tout ce qu'ils ont trouvé. Supprimer ma laque ! Ils oublient sans doute que, si on ne me vaporise pas de laque, ma mise en plis ne tiendra pas jusqu'au samedi suivant, je devrai appeler un taxi après trois jours pour aller la recommencer, je serai obligée de polluer deux fois plus. Et Kevin, le coiffeur responsable, ce petit malin de Kevin, sera parvenu, l'air de rien, à me vendre deux mises en plis par semaine.

La cataracte

« [...] quand on a vu la cataracte du Niagara, il n'y a plus de chute d'eau [...] ».

François-René DE CHATEAUBRIAND,
Mémoires d'outre-tombe

C'est toujours la même chose avec Madame Simonart. Vous êtes installées à la grande table, vous allez commencer un loto et, à ce moment-là, il faut qu'elle pense à son neveu qui ne vient jamais ou à son Théodore qui n'existe plus, elle pleurniche, elle se mouche, elle attire l'attention sur sa petite personne gémissante, le Docteur Bourillon précisément passe par là, le compatissant, le consolant Docteur Bourillon, et vous restez en rade avec votre carton de loto.

Est-ce qu'elle croit, Madame Simonart, qu'elle est la seule à avoir des malheurs ? Ça ne se voit pas, avec mon air, mais, moi aussi, je suis sensible. Il ne m'est pourtant pas nécessaire de me donner en spectacle. Il faut garder tout de même un peu de dignité. Mes larmes, je les contiens. La pression est terrible, mais je leur fais barrage. Question de volonté. Le souci, c'est qu'à force de les empêcher de couler, j'ai à nouveau la cataracte. On me l'a opérée il y a quelques années, mais elle est de nouveau là. Ça vous montre combien c'est persistant, cette sensibilité que j'ai. Je n'ai peut-être pas toujours un mouchoir mouillé dans la main, mes larmes ne suintent pas toute la journée comme si j'avais un marécage au milieu de la tête, mais n'empêche qu'elles s'accumulent. Elles restent enfermées mais elles grossissent. Elles préparent des cataractes. Comme le Zambèze. Comme le Niagara. Car ce n'est pas n'importe quoi, mes larmes, question débit. Heureusement que je les retiens. Pourtant, si ça lâchait ! Vous imaginez la puissance ! C'est pour ça qu'il faut de nouveau m'opérer avant que ça ne se rompe, que ça ne jaillisse. Ce serait autre chose que les pleurnicheries et les reniflements de Madame Simonart. Le Docteur Bourillon me l'a d'ailleurs dit l'autre jour : « Madame Prunier, il va falloir opérer cette cataracte avant qu'il ne soit trop tard. » Il insistait d'un air inquiet, presque angoissé, sur ce « trop tard ». Vous voyez : il n'est pas tranquille, le Docteur Bourillon. Il veut garder les pieds au sec. Le Zambèze, ce n'est pas pour lui.

Les feux de l'amour

> « Un homme seul est toujours en mauvaise compagnie. »
>
> Paul VALÉRY, *L'Idée fixe*

Avant, aux Pâquerettes, on allait toutes ensemble regarder *Les Feux de l'amour* dans la grande salle où il y a une télévision. Mais, chaque fois, il fallait que Madame Simonart suce des bonbons acidulés et ça cognait contre son dentier, ça chuintait à son palais, ça revenait sur sa langue, ça retournait vers son dentier, et je te passais l'un sous l'autre, et je te glissais l'autre sous l'un, et je te suçais l'un, et je te tétais l'autre, et Madame Simonart en même temps triturait l'emballage de cellophane, le défroissait, le refroissait, le défroissait, et *Les Feux de l'amour* avec Madame Simonart, ça sentait toujours la framboise synthétique et ça avait un bruit chiffonné. Donc plus personne, à part Madame Simonart, n'est allé regarder *Les Feux de l'amour*, surtout que Madame Simonart ne proposait jamais un bonbon aux autres et vidait seule tout son sachet.

C'est comme ça qu'un jour, Madame Prunier a dit que Madame Simonart, on allait la laisser devant *Les Feux de l'amour* avec ses bonbons acidulés et qu'on allait toutes partir, pendant ce temps, dans la salle à côté, à l'atelier créatif. Eh bien, c'est vraiment super, l'atelier créatif. On a nos dessins punaisés sur les murs comme à la maternelle et on reçoit un énorme ravier plein de bonbons, posé au milieu de la table. Et ces bonbons, toutes ensemble, on les suce, on les tète, on les cogne contre notre dentier, on les colle à notre palais, on les glisse sous notre langue, et on tripote les cellophanes, on les froisse, on les défroisse, on les refroisse. Et dans un formidable arôme de framboise synthétique on tire de belles langues rouges en direction du mur vers la salle voisine où Madame Simonart est assise toute seule devant sa télé.

La visite

« Il est bon de parler, et meilleur de se taire [...] ».

Jean DE LA FONTAINE, *Fables*

Cet après-midi, alors que je suis dans ma chambre aux Pâquerettes, occupée à frotter mon argenterie, Mademoiselle Lechat, ma voisine d'étage, fait irruption chez moi dans une robe rose à volants et avec une tête de catastrophe, peinturlurée de rouge, de noir, de violet. C'est rare qu'elle se maquille, Mademoiselle Lechat, mais aujourd'hui elle y est allée à fond avec le fard à joues et le crayon à sourcils.

— Madame Simonart, mon écran est tout noir et c'est l'heure d'*Avis de recherche* ! Je n'ai plus le temps de descendre dans la salle. Est-ce que je peux regarder chez vous ? supplie une voix de petite fille pendant que les yeux déjà fouillent ma chambre à la recherche de la télé.

Je n'ai encore rien répondu que Mademoiselle Lechat se trouve installée dans mon fauteuil, adossée à mes coussins, ses volants roses disposés autour d'elle, et tripote les boutons de ma télécommande.

— Vous comprenez, Madame Simonart, minaude-t-elle sans me regarder, c'est que j'espère retrouver mon Amédée. Vous savez, mon fiancé.

Moi, à ma table, je continue de faire briller mes couverts. J'ai beau être secourable et avoir de la pitié, c'est le jour de mon argenterie.

— Mais Mademoiselle Lechat, je dis quand même pour la consoler, la télévision, c'est trop moderne pour récupérer le passé. Et puis, le passé n'a pas toujours envie de revenir.

Mademoiselle Lechat ne m'entend pas. Elle sourit d'un air béat à Jean-Jacques Vaillant, l'animateur d'*Avis de recherche*. Nous allons aider notre petite Huguette à retrouver le bonheur, annonce Jean-Jacques Vaillant en montrant ses dents blanches.

— Moi, Mademoiselle Lechat, je dis encore, quand j'ai perdu quelque chose, j'emploie mon saint Antoine. Il me retrouve tout, mes ciseaux, mon châle, mon peigne. Depuis le nombre d'années qu'il ne quitte pas ma chambre, il connaît mon fourbi et là sur le buffet entre mes chandeliers, à la place d'honneur, il est en première loge pour voir où je laisse traîner mes affaires.

Mon saint Antoine, d'habitude, je n'en parle à personne, car j'ai ma vie privée. Mais, en ce moment, avec Mademoiselle Lechat, je ne prends pas de grands risques, elle est à mille lieues d'ici et n'entend absolument rien. Je la vois qui larmoie à cause de cette Huguette qui recherche son mari.

— Il ne reviendra pas, je lui dis, de ma voix compatissante. Cette Huguette fait trop de manières. Son mari ne reviendra pas. En tout cas, moi, si j'avais un Amédée à rechercher, ce n'est pas à ce Jean-Jacques Vaillant que j'irais le demander. Mon saint Antoine est bien plus puissant. D'abord, il est tout à moi, tout à ma dévotion et, même si c'est un moine – un franciscain ! –, il y a entre nous une vraie histoire d'amour. Ça doit aller rondement. D'ailleurs, quand il traîne, je le pose sur la tête et alors il retrouve vite ce que je cherche. Malheureusement, il n'est pas très stable sur la tête. C'est pour ça que son cou est recollé.

Mademoiselle Lechat, évidemment, s'en contrefiche de mes paroles consolantes et de mon argenterie qui reluit maintenant si bien. Je me demande même si elle sait encore qu'elle est chez moi. Par chance, l'émission se termine. Je vais en être débarrassée. La voilà qui s'extirpe du fauteuil avec ses volants roses et qui éteint la télé.

— Je vous remercie beaucoup pour votre hospitalité, Madame Simonart. Vous êtes une personne très serviable. Sans vouloir abuser, je voudrais vous demander encore une faveur. Je sais qu'avec votre amabilité vous n'allez pas refuser.

Et Mademoiselle Lechat se dirige vers mon buffet.

— Pourrais-je vous emprunter quelques jours votre saint Antoine ?

Le phoque

« […] quel danger, quelle folie de choisir sur des échantillons […] ».

Nathalie SARRAUTE, *Le Planétarium*

Qu'est-ce qu'il faut en faire ? Un beau manteau de phoque devenu trop petit ! Je ne peux même pas le donner. Les gamines n'en portent plus, des fourrures. C'est « immoral », le phoque.

On est à une époque très morale. On ne se débarrasse plus si facilement de ses vieilles affaires. C'est comme ce Théodore qu'on va m'imprimer. Je ne saurai pas quoi en faire non plus. C'est ma faute : je l'ai voulu, je l'ai commandé. Quand j'ai vu à la télévision qu'on pouvait tout reproduire en vrai à partir d'un petit morceau, j'ai cherché dans mes tiroirs une des dernières radiographies de Théodore et je suis allée l'apporter au Docteur Bourillon.

Il aurait fallu réfléchir avant, dit Madame Prunier. Prendre une radiographie de quand Théodore avait vingt ans. Maintenant le Docteur Bourillon va m'en amener un avec un dentier et des couches. Et je ne pourrai pas m'en débarrasser. Comme avec le phoque. On est à une époque très morale.

Madame Prunier sait à quel point c'est pénible d'être encombrée par des vieilleries, avec son Raymond qui lui colle aux basques et qu'elle n'ose pas jeter. Il est là tout le temps, dans son sac à main quand elle fait ses courses, dans son portefeuille quand elle paie, face à elle sur la commode quand elle est couchée dans son lit. Il la fixe d'un air méchant. Il râle de n'être plus qu'une tête, dit Madame Prunier. Une vieille tête en plus. Il en veut une jeune. Il exige qu'elle le commande tout entier, grandeur nature, en trois dimensions.

Mais Madame Prunier ne cédera pas. Elle en a plus qu'assez du seconde main, elle dit. Elle a déjà suffisamment de problèmes pour se débarrasser de son astrakan.

Les lézardes

> « [...] ça fait plus d'un an que je ne me suis pas regardée dans la glace car, lorsque je me vois, je me demande où j'ai bien pu disparaître [...] ».
>
> Esther ORNER, *Étrangers à l'endroit*

Aux Pâquerettes, ils m'ont mise chez les fêlées. J'y suis depuis des mois, peut-être même des années. Et je suis de plus en plus fêlée. Regardez : je suis pleine de lézardes, je me fissure de partout. Chaque jour, c'est pire, les lézardes se creusent, les crevasses se ramifient. Je ne tiens plus ensemble.

Le problème, ce sont les décombres. À mon âge, devoir trimer aussi dur pour m'extirper de ces décombres ! Surtout sans mes mains ! Car mes mains ont disparu. Comment je fais, moi, pour retrouver des mains dans ce tas de gravats ? Comment je fais pour nettoyer sans mes mains ? Pour tenir un plumeau ? Pour enlever toute cette poussière ? Moi qui suis une personne si soigneuse.

« Regardez, Madame Coppens, ils disent, voilà vos mains, elles sont au bout de vos bras. » D'accord : il y a des mains. Mais ce ne sont pas mes mains. Ce ne sont pas les mains d'une honnête femme. D'abord, ça se voit tout de suite qu'elles n'ont jamais appris à nettoyer. Et puis, surtout, elles ne savent faire que des cochoncetés. Tripoter au fond des lézardes. Gratter dans les crevasses. Empoigner le Docteur Bourillon à la braguette dès qu'il franchit le seuil de ma chambre, lui tâter les parties honteuses pendant qu'il m'ausculte avec son stéthoscope.

Et cette bouche alors ! Cette bouche que j'ai et qui n'est pas à moi non plus. Cette bouche qui hurle des insanités. Moi qui suis une personne si convenable. D'ailleurs, je ne sais même pas ce que ces vilains mots veulent dire. Je ne saurais même pas que ces mots sont obscènes si le Docteur Bourillon ne m'ordonnait pas d'un ton convulsif de surveiller mon vocabulaire, de modérer mes propos et de le lâcher.

Vous voyez que ce n'est pas ma bouche et que ce ne sont pas mes mains. Je suis toute mélangée. Ça n'a rien d'étonnant, car je ne suis pas la seule ici à tomber en ruines, pas la seule à devoir vivre sous les gravats. Pensez : dans toutes les chambres il y a des fêlées, partout ici il y a des ébréchées. Donc, quand ils entrent chez moi, le Docteur Bourillon et son équipe – lorsqu'ils parviennent à pousser la porte –, tous ces débris entassés, ça se déverse dans le couloir, ça s'accroche à leurs chaussures, c'est emporté un peu plus loin, ça migre vers une autre chambre, ça s'amalgame ailleurs. Pendant que cette bouche que j'ai au milieu de la figure crie au Docteur Bourillon qu'il a les burnes à zéro, il y a quelque part dans une chambre voisine une vieille dégoûtante qui profite de ma vraie bouche, ma jolie bouche en cerise, pour entendre ma voix d'ange lui chanter *Étoile des neiges* et *Ma cabane au Canada*. Et, pire encore, pendant que les mains que j'ai attrapent le respectable Docteur Bourillon sauvagement à l'entrecuisse, il y a dans une autre chambre une foutue vieille saleté de voleuse (dans le genre de Madame Pincemin) qui se sert de mes vrais doigts, mes jolis doigts industrieux, si agiles à tirer l'aiguille, pour faire progresser sa tapisserie.

La discipline

> « Je crois qu'il y a une douleur quelque part dans la chambre, dit Mme Gradgrind, mais je ne suis pas tout à fait certaine qu'elle soit à moi. »
>
> Charles DICKENS, *Les Temps difficiles*

Ce qu'il fallait leur dire, ce qu'il fallait leur répondre, à eux cinq assis devant moi – les psychologues, les médecins –, les mots qu'ils attendaient, comment savoir ? J'étais seule avec eux dans cette salle, seule avec leur lumière braquée sur moi et tout le reste enfoncé dans le noir.

— Madame Coppens, quel âge avez-vous ? avait demandé une voix d'homme.

— Madame Coppens, quel métier faisiez-vous ? avait questionné une autre voix.

Ils attendaient mes réponses. Comme s'ils ne le savaient pas, que mon âge, c'était d'être vieille, très vieille, et que mon « métier », comme ils disaient, ce « métier », pour toujours – car, même vieille, même folle, très vieille et très folle, jamais on ne se départit de cela –, mon « métier », ma vocation, c'était le théâtre, j'étais comédienne.

— Madame Coppens, quel était le prénom de votre mari ?

Je me tenais seule face à eux sur cette scène trop éclairée. C'était le moment de ma réplique, le moment de jouer mon rôle, mais rien dans ma tête, les mots n'étaient pas là, aucun souffleur à mes pieds, personne avec moi au fond du trou noir.

— Madame Coppens, le prénom de votre mari ? a insisté la voix. Vous vous rappelez votre mari, tout de même, Madame Coppens ?

— Il faut vous concentrer, Madame Coppens, est intervenue une femme. Ne pas perdre le fil. Vous imposer une discipline.

— Oui, une discipline ! j'ai dit.

Ce mot avait bondi vers moi comme pour me sauver. Je retrouvais dans ma mémoire un vers du *Tartuffe* :

— Laurent, serrez ma haire avec ma discipline.

Enfin une réplique de théâtre. Je venais d dire à voix haute. Mais ce n'était pas ce qu'ils voulaient, ils n'avaient pas lu Molière, j'étais folle, c'était évident, je déraillais, je les narguais.

— Laurent, serrez ma haire avec ma discipline, j'ai répété.

La voix aigre d'un homme m'a coupée.

— Non, Madame Coppens, ce n'était pas Laurent, le prénom de votre mari. Concentrez-vous s'il vous plaît.

Je le savais bien, moi, que mon Léopold n'aurait jamais inspiré une tirade à Molière. Léopold dans *Tartuffe* ! Cela aurait été trop drôle ! J'ai répété encore une fois, lentement :

— Laurent, serrez ma haire avec ma discipline.

Cela me faisait tant de bien de retrouver ces mots, les prononcer, les savourer.

— Ça suffit ! intervint la voix aigre. Concentrez-vous, Madame Coppens !

— Reprenons le fil, a ajouté la femme.

Ils s'agaçaient, perdaient patience. Je les avais mis à bout. J'étais douée pour ça, me disait Léopold. Il me fallait une correction. Un châtiment. Le petit fouet qui siffle, la discipline qu'utilisait si adroitement mon Léopold quand nous nous amusions, tous les deux, à nos petits jeux.

La voix de la femme revint encore. Je ne l'écoutais plus. Léopold était là. Léopold m'entendait. Oui, Léopold, vas-y, une correction comme tu sais le faire, oui, Léopold, une bonne raclée, vas-y, vas-y, ne t'arrête pas, je tiens le fil, je vais tout recoudre, mais continue, Léopold, continue, il ne faut pas que le fil m'échappe.

Les marches

« Le plus beau moment de l'amour, disait-il autrefois, c'est quand je monte l'escalier. »

Georges Clemenceau, *Les Plus Forts*

Chez moi à l'intérieur tout est détraqué. Ça descend si profond. Il y a tellement de marches. Ça s'enfonce toujours plus bas. D'ailleurs, est-ce que quelqu'un habite toujours là ?

Léopold – ah oui ! Léopold ! –, Léopold, les marches, ça ne lui faisait pas peur. Il montait, redescendait, remontait, redescendait, et en même temps il me récitait des poèmes. C'était un sacré grimpeur, Léopold. Toutes les nuits, il me faisait le lion de Waterloo sur sa butte et il montait, redescendait, montait, redescendait en déclamant Victor Hugo. Toutes les nuits jusqu'au sommet. Et l'escalier à cette époque était en pente.

Mais maintenant, toutes ces marches, qui va encore s'y aventurer ? Plus personne ne descend si bas. Même moi, je n'y vais plus. Je suis aux Pâquerettes avec les autres vieilles et j'ai tout oublié. Pâquerettes ! Pâquerettes ! Morne plaine !

Les escargots

« Les colimaçons se pâment trois, quatre heures entières. C'est peu par rapport à l'éternité ; mais c'est beaucoup par rapport à vous et à moi. »

VOLTAIRE, *L'Évangile du jour, contenant Les Colimaçons du Révérend Père l'Escarbotier*

C'est très bien de la part du Docteur Bourillon de vouloir soigner les gens mais, quand on est guéri, qu'est-ce qu'on reçoit à la place ?

Madame Goujon, elle a retrouvé ses esprits. Eh bien, elle est très déçue. Elle me dit « quand j'étais folle, je m'amusais beaucoup mieux. J'avais des escargots qui sortaient de leur coquille pour venir ramper sur moi. Ça me faisait des sensations agréables, ces petites langues baveuses qui laissaient leur salive partout. Maintenant, Madame Prunier, je m'ennuie. Je suis guérie, mais je m'ennuie. Les coquilles sont vides ».

Elle me fait pitié, cette Madame Goujon. Mais guérie, guérie, c'est beaucoup dire. Elle n'a plus ses escargots, d'accord. Mais – entre nous –, maintenant, c'est elle qui bave.

L'oraison

> « L'oraison mène à tout, à condition de pouvoir en sortir indemne. »
>
> Anne HÉBERT, *Les Enfants du sabbat*

— Eh bien, Madame Serein ! Que faites-vous à nouveau toute nue par terre quand tout le monde dort ? Allons ! Remettez votre chemise de nuit !

— Madame Serein ? Madame Serein ? Je ne connais pas de Madame Serein.

— Madame Serein, s'il vous plaît, levez-vous.

— Il n'y a pas de Madame Serein ici, jeune homme. À qui croyez-vous parler ? Tout de même, quel sans-gêne ! Faire irruption dans ma cellule tandis que je suis en oraison !

— Madame Serein, vous allez prendre froid. Allons, rhabillez-vous. Voilà votre chemise de nuit.

— Mon enfant, je suis Sœur Marguerite-Marie Alacoque. Et je n'ai nullement froid : le cœur me brûle.

— Ça suffit, ce petit manège, Madame Serein. Debout maintenant.

— Sœur Marguerite-Marie, de l'ordre de la Visitation.

— Madame Serein, si ça continue, j'appelle l'infirmier, vous aurez une piqûre. C'est ça que vous voulez, une piqûre ? Allons, rhabillez-vous.

— Sœur Marguerite-Marie qui sort son cœur nu de sa poitrine nue pour l'offrir à Dieu.

— Madame Serein, l'infirmier est là avec sa seringue. Si vous ne vous relevez pas immédiatement…

— Piquez, mon enfant. Piquez. Je vous tends ma chair. Dieu m'élèvera au rang de martyre.

Le paradis

« […] c'est bon, une fois par hasard, de pouvoir parler à cœur ouvert. »

Roger Martin du Gard, *Les Thibault*

— Madame Serein, venez manger. Rhabillez-vous et venez manger. Votre plateau est servi.

— Il n'y a pas de Madame Serein ici, mon petit. Je suis Sœur Marguerite-Marie Alacoque, de l'ordre de la Visitation. Je sors mon cœur nu de ma poitrine nue pour l'offrir à Dieu.

— Ça ne va pas recommencer, Madame Serein !

— Marguerite-Marie Alacoque. Béatifiée. Canonisée. Et toujours vivante auprès de Jésus.

— Madame Alacoque, votre plateau est sur la table. Venez manger tant que c'est chaud.

— Un peu de respect, mon garçon ! Foutez-oi la paix avec ce plateau ! Ne voyez-vous pas que Jésus me réclame !

— C'est bon, Madame Alacoque, c'est bon, je m'en vais. Débrouillez-vous toute seule avec vos bondieuseries. J'ai encore quinze chambres à servir ce soir, avec des saintes femmes de votre acabit. Et je peux vous dire, Madame Alacoque, que moi aussi parfois je mérite mon paradis.

Le hoquet

« Monsieur Ulysse à ce banquet
Prit un très important hoquet,
Et comme il est fort malhonnête
De hoqueter dans une fête,
Il but à la santé du dieu,
Fit un hoc, et puis dit adieu. »

Pierre DE MARIVAUX,
L'Homère travesti

Mademoiselle Lechat, on ne peut pas la saisir à cause de son cœur.

Alors zut pour Mademoiselle Lechat ! Qu'elle garde son hoquet !

Le squelette

> « Vieillir, si l'on sait, ce n'est pas tout ce qu'on croit. Ce n'est pas du tout diminuer, mais grandir. »
>
> Marcel Jouhandeau

Il y a quelqu'un à l'intérieur de moi. Debout à l'intérieur et qui dépasse de partout. Une sorte de grand squelette. De quelle manière il est entré, je n'en ai aucune idée, mais il arrive maintenant très près du bord. Vous ne me croyez pas ? Tenez, tapez sur ma tête : il a mis son crâne là, juste en dessous de ma peau. Ici, palpez : ce sont ses orbites. Et là, sentez : c'est son menton. Et les clavicules : ce ne sont pas mes clavicules. Il a mis les siennes. Et les coudes : ce ne sont pas mes coudes. C'est normal que je les cogne tout le temps, ils dépassent beaucoup trop. Et les genoux : vous avez vu ces rotules qui pointent. Ce ne sont pas mes rotules. Moi qui ai de si jolis genoux ronds.

« Il faut manger, Mademoiselle Lechat, ils disent, vous vous déplumez. » Manger ! Ils en ont de bonnes ! C'est à lui que ça profite ! C'est lui qui grandit. C'est lui qui prend des forces. Il s'est bien incrusté, le parasite. Et comment va-t-il faire pour s'en aller quand l'envie l'en prendra ? Par où va-t-il passer ? Moi qui suis restée jeune fille !

Le fiancé

> « Qu'advient-il du trou lorsque le fromage a disparu ? »
>
> Bertolt BRECHT

Une fois par mois, le dimanche, mes deux fils viennent en visite aux Pâquerettes dans leur complet-veston et leurs souliers cirés.

— Maman, tu as pris tes pilules ? La verte et la jaune ? Tu n'as pas oublié ? Tu ne t'es pas trompée, au moins ?

— Maman, où est passée ta boîte de pilules ? Elle ne s'est pas volatilisée tout de même ! Pourquoi n'est-elle pas dans ton sac ?

Une fois par mois, mes deux fils, ça leur semble important que j'avale mes pilules. Une fois par mois, la boîte doit être dans mon sac.

Moi, je sais qu'on peut oublier, on peut se tromper, on peut même se volatiliser. Félicien, mon fiancé, quand j'étais jeune, il s'était volatilisé. Oublier, c'est léger, c'est du duvet d'oiseau, ça monte dans les airs, ça va chatouiller Félicien, les orteils roses de Félicien, perché là-haut parmi les nuages. On peut se tromper, on peut. Félicien, il m'a beaucoup trompée. Il est quand même entré au ciel, les pieds nus, comme un ange. De toute façon, les anges, le temps d'allumer la lumière, ils sont partis, comme mon fiancé Félicien, ils repasseront une autre fois, eux ou d'autres.

Je dois faire erreur, ils disent, mes deux fils. Je n'ai pas connu de Félicien ! Ils sont les fils d'Hervé ! Oui, je dois faire erreur. Je dois. L'erreur, je dois la leur donner, je dois la leur rendre, ils la veulent, elle est pour eux, c'est leur erreur, ils sont les fils d'Hervé, Hervé Chapelier ! L'erreur, ils la guettent et – hop ! –, ils l'attrapent, elle ne s'envolera plus, ils l'ont mise dans mon sac. Avec ma boîte de pilules.

Le miracle

> « Un miracle, s'il dure, cesse d'être considéré comme tel. C'est pourquoi les apparitions disparaissent si vite. »
>
> Jean Cocteau, *Thomas l'imposteur*

Parfois, Félicien descend ici avec les nuages. Je le vois de tout près. Il est à la fenêtre dans son bon costume bleu et il sourit en tenant les mains jointes. Et puis – pffffft ! – le voilà reparti, et il agite ses ailes.

Madame Coppens me demande, la prochaine fois, d'aller la chercher.

— Madame Chapelier, s'il vous plaît, Madame Chapelier, je vous en prie, venez m'appeler quand il sera là !

Elle veut s'assurer que ce n'est pas son Léopold qui vient chez moi. Je ne connais pas ce Léopold.

Mais surtout, Félicien, comment je ferais pour le retenir ? Il ne reste jamais longtemps.

Je ne peux pas faire de miracle, j'ai dit à Madame Coppens. J'ai peut-être la tête d'une sainte, mais je ne peux pas faire de miracle. J'ai la bouche pleine de plumes avec ce Félicien, mais ce n'est pour ça que je suis un ange. D'ailleurs, je les crache. Un ange ferait-il ce genre de chose ? Vous voudriez peut-être que je les avale, Madame Coppens ? Je vous l'ai dit : je ne peux pas faire de miracle. Vous pensez que ce ne sont pas des plumes ? Alors ce sont des nuages, Madame Coppens. Mais des nuages non plus je ne vais pas les avaler. Avec toute cette pollution. Par chance, il paraît que demain il fera beau. Avec un bon gargarisme, j'en serai quitte jusqu'à la prochaine visitation.

La dignité

> « – Il me semble que [...] le cœur est du côté gauche, et le foie du côté droit.
>
> — Oui, cela était autrefois ainsi ; mais nous avons changé tout cela, et nous faisons maintenant la médecine d'une méthode toute nouvelle. »
>
> MOLIÈRE, *Le Médecin malgré lui*

Madame Simonart veut mourir dans la dignité. Elle a signé les papiers et les a remis au Docteur Bourillon.

— Le plus tard possible, se félicite-t-elle devant les autres pensionnaires, le plus tard possible, mais dans la dignité.

— La dignité, Madame Simonart ? s'étonne Madame Prunier. Vous allez tout à coup, à l'instant de mourir, découvrir la dignité ?

Madame Simonart demeure indifférente persiflage.

— Le Docteur Bourillon m'a complimentée, continue-t-elle d'un air satisfait. Ce n'est pas tout le monde, il a dit, qui ose voir la mort en face.

— Ah bon, Madame Simonart ! grince Madame Prunier. Vous avez vu la mort en face ?

Madame Simonart, les yeux écarquillés, fixe le mur devant elle. La mort, sans doute non, songe-t-elle, elle ne l'a pas vue, pas en face. Elle a seulement pensé à la dignité. Et aux compliments du Docteur Bourillon. Elle se sent monter des larmes. C'est plus fort qu'elle. Voilà qu'elle pleure. Ce vieux chameau de Prunier a encore une fois gagné.

Madame Simonart se mouche et contre-attaque.

— Vous savez, Madame Prunier, il n'est plus absolument nécessaire de mourir de nos jours. La mort n'existe plus. Pour ceux qui ont les moyens évidemment. Je l'ai vu à la télévision. On peut tout remplacer, toutes nos parties défectueuses. Il y a des imprimantes qui impriment nos organes et – hop ! – on nous met les nouveaux et on jette les vieux. Il suffit de payer. Bien sûr, il faut avoir de quoi. D'ailleurs, plutôt que mourir dans la dignité, je vais plutôt vivre dans la dignité. Je pense m'acheter de nouveaux pieds.

— On peut tout remplacer, Madame Simonart ? Vous en êtes sûre ? Même le cerveau ? Car, pour la dignité, de nouveaux pieds, ça ne va pas vous suffire !

— Oui, Madame Prunier. Absolument tout. Sauf le sale caractère.

— Je ne voudrais pas vous décevoir, Madame Simonart, mais il y a des cerveaux où ça doit être impossible, même en payant très cher. La technique a ses limites. Les machines ne sont pas équipées pour recopier le vide.

— Ne vous en faites pas pour moi, Madame Prunier. Occupez-vous de vous. Malgré leur grosse tête et leurs grandes dents, les tyrannosaures ont tout de même disparu. Vous pourriez vous trouver sur la liste des espèces menacées.

Les plis

« La fâcheuse pilule ! »

MOLIÈRE,
L'École des femmes

Je suis déconnectée. Les aides-soignantes l'ont dit hier pendant qu'elles refaisaient mon lit. Elles se parlaient entre elles mais je l'ai bien entendu.

— De quoi je suis déconnectée ? je leur ai demandé.

— De vous, Madame Chapelier. Vous êtes déconnectée de vous-même.

Je restais à les regarder sans rien dire en attendant la suite.

— Débranchée si vous voulez, Madame Chapelier. Vous êtes débranchée. Mais ce n'est pas grave, vous savez. Vous allez bien. D'ailleurs, prenez vos deux pilules. Et ne les recrachez pas, hein !

Ce matin, je suis allée voir le Docteur Bourillon dans son bureau.

— Docteur, il paraît que je suis débranchée. C'est comme mon fer alors quand j'avais fini de repasser ?

— Oui, Madame Chapelier. Parfois, il vaut mieux couper le courant. Vous prenez bien vos deux pilules ?

— Tout est défroissé alors maintenant dans mon cerveau, Docteur ? Il n'y a plus de plis ? Je suis guérie ?

— Il faut quand même prendre vos pilules, Madame Chapelier.

— J'étais très chiffonnée, Docteur ?

— Un petit peu chiffonnée, Madame Chapelier. Un petit peu. C'est pour ça qu'il faut prendre vos deux pilules chaque matin. Ne pas les recracher.

Le Docteur Bourillon a eu une urgence qui a sonné et il est parti d'un pas pressé en parlant à son téléphone. Quand il est revenu, j'avais réfléchi.

— Le cerveau, Docteur, c'est tout de même plein de plis chez tout le monde. Vous-même, vous êtes sûrement plein de plis pour avoir ét votre médecine. Et avec tous ces plis, vous n'êtes pas malade ?

— Non, Madame Chapelier, je ne suis pas malade malgré mes plis.

— C'est ce que je dis. Pourtant, parfois, chez certaines personnes il y a des choses qui restent coincées entre ces plis. Surtout quand on ne sait pas leur nom. Vous ne m'avez jamais dit le nom de ce que j'avais comme maladie, Docteur.

— C'est seulement de la sénilité, Madame Chapelier.

— De la sénilité ! Ah ! Voilà ! C'est bien ! C'est bien ! Maintenant au moins c'est clair. De la sénilité ! Je suis encore jeune, tout de même, pour la sénilité, je trouve. Mais je ne suis pas vexée, vous savez, Docteur. Vous ne le faites pas exprès. Simplement, vous n'avez pas reçu pendant vos longues études une seule leçon de tact ou de délicatesse. Vous n'aviez plus de pli dans votre grosse tête pour y ajouter ça. De la sénilité ! Vous avez fait sept ans de médecine pour établir ce diagnostic ? Heureusement, vos deux pilules vont tout arranger – n'est-ce pas, Docteur ? –, vos pilules qui coupent le courant. La sénilité, vous allez la défroisser. Vous en prendrez bien deux aussi, tout de même, Docteur, de vos pilules, pour apprendre à parler aux femmes ? Et ne pas les recracher, hein !

Le testament

« Tenez, mon cœur s'émeut à toutes ces tendresses,
Cela ragaillardit tout à fait mes vieux jours,
Et je me ressouviens de mes jeunes amours. »

MOLIÈRE, *Les Femmes savantes*

Mademoiselle Lechat a rédigé son testament.

— Vous comprenez, Madame Pincemin, elle m'a dit, j'ai voulu mettre mes affaires en ordre, organiser les choses pour la postérité, laisser à mes neveux l'image d'une personne respectable.

Je pense qu'elle parlait sérieusement. En tout cas, elle en avait l'air. Mais elle est toujours sérieuse, cette Mademoiselle Lechat, toujours raide et pincée. Pas difficile alors de mettre ses affaires en ordre. Tout est déjà rangé avant de commencer.

Moi, en l'écoutant, je me suis dit que ma postérité allait bien rigoler en trouvant le bazar. Alors, cette nuit, j'ai réfléchi. J'ai pensé à comment donner, moi aussi, bonne impression à mes héritiers et j'ai décidé d'acheter un cadenas, un bon cadenas chromé. Pour enfermer mes souvenirs. Je jetterai la clef sous un pont dans une rivière. Comme ça, mes souvenirs, plus personne ne pourra se les rappeler. Même pas moi. Oui, mes souvenirs, ces bougres-là, je vais les enfermer une bonne fois pour toutes. Je leur mettrai un cadenas, pareil qu'à une ceinture de chasteté. Ils n'auront plus rien à dire ni à penser.

Pour le moment, bien sûr, ils sont encore libres, toujours en pleine forme. C'est si amusant de les sentir sauter sur moi, se glisser sous ma robe, explorer les recoins de ma mémoire pour voir si je me rappelle bien tout. Ils sont si frétillants, mes souvenirs, tellement fougueux. Je n'ai pas le cœur de les enfermer tout de suite. Donc, le cadenas, je l'achèterai, mais je le garderai dans ma table de nuit et je ne le fermerai qu'au tout dernier moment de mon dernier soupir. Organiser les choses, c'est bien quand on a de tristes petits souvenirs comme Mademoiselle Lechat qui n'a pas beaucoup à perdre. Mais mes souvenirs à moi, ce sont de satanés lascars avec des yeux brillants qui me font des œillades et de grandes mains gourmandes. Mes souvenirs, ce sont de fameux gais lurons qui viennent d'une époque où on savait s'amuser. Des souvenirs que plus personne de nos jours ne pourrait se fabriquer, avec ces peurs qu'il y a maintenant, ces règles, ces interdictions. De très vieux souvenirs qui ont toute une vie de bamboche derrière eux et osent être dévergondés, coureurs, noceurs, pas du tout convenables. Et ces souvenirs ont toujours tant de plaisir à visiter ma mémoire. Alors ma postérité attendra avant que je ne ferme le cadenas.

TABLE

DANS LA MÊME COLLECTION

PIERRE ANDRÉ, *Elle s'appelait Lucia*, roman
JÉRÔME BASTIANELLI, *La Vraie Vie de Vinteuil*, roman
XAVIER BOURGINE, *Les Ultimes*, roman
NICOLAS CANO, *La Séquestration*, roman
PHILIPPE COSTAMAGNA, *Histoires d'œil*, essai – *Les goûts de Napoléon*, essai
GENEVIÈVE DAMAS, *Strange*, roman
PIERRE DUCROZET, *Eroica*, roman
NATASHA A. FRASER, *Harold !*
ALEXANDRA FRITZ, *Branques*, roman – *Les Évadés*, roman
VINCENT JAURY, *La Petite Bande*, roman
ORIANE JEANCOURT GALIGNANI, *Hadamar*, roman – *La Femme-Écrevisse*, roman – *Quand l'arbre tombe*, roman
GÉRALDINE KOSIAK, *Chez nous*, récit
JOY MAJDALANI, *Le Goût des garçons*, roman
CLÉMENTINE MÉLOIS, *Sinon j'oublie*, roman – *Dehors, la tempête*, essai
SÉBASTIEN MINISTRU, *Apprendre à lire*, roman – *La Garde-Robe*, roman
LAURENT NUNEZ, *Si je m'écorchais vif*, essai – *L'Énigme des premières phrases*, essai
LOÏC PRIGENT, *« J'adore la mode mais c'est tout ce que je déteste »*, pépiements – *« Passe-moi le champagne, j'ai un chat dans la gorge »*, pépiements
JOËLLE VARENNE, *Boulette*, roman
REVUE LE COURAGE N° 1 *Littérature* 2015
REVUE LE COURAGE N° 2 *Les Salauds*
REVUE LE COURAGE N° 3 *Âge d'or / Âge de fer*
REVUE LE COURAGE N° 4 *Minorités supérieures*
REVUE LE COURAGE N° 5 *Orphée, retourne-toi*
REVUE LE COURAGE N° 6 *Les vingt premières années du XXIe siècle vues par vingt écrivains*

Cet ouvrage a été achevé d'imprimer sur Roto-Page
par l'Imprimerie Floch à Mayenne
pour le compte des Éditions Grasset
en avril 2024

Mise en pages
PCA 44400 Rezé

PAPIER CERTIFIÉ

N° d'édition : 23181 – N° d'impression : 104575
Dépôt légal : mai 2024
Imprimé en France